AF294910

Analyse de l'œuvre

Par Nadège Nicolas
et Noémie Lohay

Désert

de Jean-Marie Gustave Le Clézio

lePetitLittéraire.fr

Rendez-vous sur lepetitlitteraire.fr et découvrez :

Plus de 1200 analyses
Claires et synthétiques
Téléchargeables en 30 secondes
À imprimer chez soi

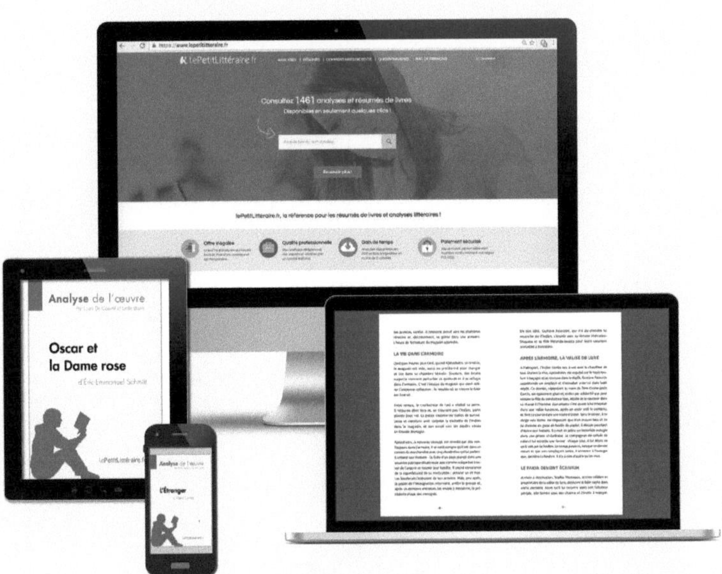

JEAN-MARIE GUSTAVE LE CLÉZIO

ROMANCIER ET NOUVELLISTE FRANCO-MAURICIEN

- **Né en 1940 à Nice**
- **Quelques-unes de ses œuvres :**
  - *Le Procès-verbal* (1963), roman
  - *Poisson d'or* (1997), roman
  - *Ritournelle de la faim* (2008), roman

Jean-Marie Gustave Le Clézio est né de parents issus d'une famille bretonne émigrée à l'île Maurice fin XVIIIᵉ siècle, où elle acquiert la nationalité britannique. Les premières années de sa vie sont marquées non seulement par la guerre, mais également par l'absence de son père – médecin en Afrique –, qu'il ne rencontre qu'à l'âge de 7 ans, lorsqu'il part lui rendre visite. Ce voyage est fondateur dans la vie de l'auteur, tout comme son séjour chez les Amérindiens du Panamá, entre 1970 et 1974.

Parallèlement à des études littéraires, Le Clézio se lance dans l'écriture et reçoit en 1963 le prix Renaudot pour son premier roman, *Le Procès-verbal*. C'est le premier d'une longue série d'ouvrages allant du roman (y compris jeunesse) à la nouvelle, en passant par l'essai ou encore le conte. L'auteur reçoit de nombreuses distinctions, dont, en 2008, le prix Nobel de littérature.

DÉSERT

L'HOMME ENTRE L'OCCIDENT ET LE MONDE ARABE

- **Genre :** roman
- **Édition de référence :** *Désert*, Paris, Gallimard, coll. « Le Chemin », 1980, 418 p.
- **1ʳᵉ édition :** 1980
- **Thématiques :** nature, guerre, argent, place de la femme, immigration, pauvreté, solitude

À la suite de son séjour au Panamá, Le Clézio connait une évolution profonde qui se manifeste également dans son écriture. Celle-ci, jusqu'alors opaque et complexe, devient plus apaisée et accessible. *Désert*, publié en 1980, symbolise cette reconnaissance conjointe du monde littéraire et du grand public ; Le Clézio reçoit en outre pour cette œuvre le grand prix Paul-Morand de l'Académie française.

Le roman mêle les récits de deux adolescents du désert – Nour et Lalla – à quelques dizaines d'années d'intervalle, en incitant à la réflexion quant

au rapport de l'homme au monde qui l'entoure
et à ses semblables.

RÉSUMÉ

Désert alterne entre l'histoire de Nour, qui se déroule au début du XXᵉ siècle (de l'hiver 1909-1910 au mois de mars 1912), et celle de Lalla, vraisemblablement située autour des années 1970. Dans le roman, les chapitres consacrés à Nour sont marqués typographiquement par un retrait du texte.

NOUR

Le roman s'ouvre sur les silhouettes d'une caravane de nomades sahariens. Parmi ceux-ci se trouve un adolescent prénommé Nour, le fils du guide. Le groupe se rend à Smara (Sahara occidental), la ville de Ma el Aïnine, un cheik (homme respecté pour son grand âge ou ses connaissances) charismatique. De nombreux autres voyageurs s'y rendent d'ailleurs : ils se rejoignent dans la ville pour discuter de la manière de contrer l'invasion des chrétiens (français et espagnols) qui les menacent.

De nuit, une assemblée de guerriers se réunit

autour du cheik. Nour y assiste, anonyme, mais le cheik le remarque. Quelques jours plus tard, il retourne au lieu de réunion et y rencontre Ma el Aïnine. Nour dévoile au grand cheik qu'il est, par sa mère, de la lignée du grand Al Azraq, « l'Homme Bleu », le maitre de Ma el Aïnine.

Sous l'autorité de Ma el Aïnine et de ses fils, les nomades se dirigent ensuite vers le nord, la troupe s'agrandissant sans cesse en chemin. Nour prend peu à peu conscience de la loi du désert : les plus forts survivent, tandis que les faibles meurent sur le bord du chemin. Il rencontre un guerrier de Chinguetti (Mauritanie) devenu aveugle lors d'une bataille avec les chrétiens et qui espère recouvrer la vue grâce au cheik, réputé être capable de miracles. Nour lui propose son aide et le guide.

Pour échapper aux soldats chrétiens, la troupe est forcée de bifurquer ; ils espèrent trouver refuge dans la ville de Taroudant (Maroc méridional), mais, devant le refus des habitants de la ville, repartent vers le nord, jusqu'à Marrakech et au-delà. Non loin de là, le général Moinier (1855-1919) commande les troupes chargées d'affronter les rebelles de Ma el Aïnine. Celui-ci est décrit comme le plus grand adversaire des chrétiens et comme l'assassin d'un gouverneur nommé Coppolani (administrateur français en Mauritanie, 1866-1905). Le 21 juin 1910, le bataillon tombe enfin sur les nomades fatigués et désarmés ; s'ensuit alors une véritable tuerie au cours de laquelle le guerrier aveugle perd la vie.

Quelques mois plus tard, les fils de Ma el Aïnine ont fui, tandis que le cheik se meurt à Tiznit (Sud du Maroc). Le vent annonce le malheur à venir ; lorsqu'il cesse, l'angoisse se fait plus prégnante encore. Nour, instinctivement, se rend auprès du cheik, qu'il accompagne vers la mort.

Après l'avoir enterré, une partie des survivants de la caravane continue la route vers le nord ; Nour les accompagne, alors que sa famille a repris le chemin du sud. Les nomades attendent le retour de Moulay Hiba, dit le Lion, fils ainé de Ma el Aïnine, qui finit par les rejoindre près d'Agadir (Maroc méridional). Mais le groupe est attaqué par les troupes chrétiennes, qui le déciment. Au terme du récit, Nour repart alors vers le sud avec les survivants.

LALLA

Lalla, une adolescente, mène une vie heureuse et libre entre ses errances dans les dunes avec le Hartani (un jeune berger qui vit éloigné des autres hommes), les histoires du vieux pêcheur Naman, les mouettes qu'elle imagine princes du désert, les récits qu'elle réclame à sa tante Aamma sur son lignage et Es Ser, « le Secret », une présence désincarnée et protectrice qui l'accompagne et dont elle ressent surtout le regard. Mais Lalla n'est plus une petite fille et la désagréable réalité des adultes la rattrape.

D'abord, Aamma, chez qui elle vit à la Cité (sorte de bidonville à un jour de bus de Tanger [Nord du Maroc]) depuis la mort de sa mère, l'emmène dans l'atelier de couture de la vieille Zora pour lui trouver du travail. Cependant, ne supportant pas les manières brutales de sa patronne, qui violente ses jeunes employées, Lalla se révolte et quitte l'atelier. Un homme plus âgé vient ensuite la demander en mariage, mais Lalla refuse cette union arrangée. Enfin, le vieux Naman meurt. Ce dernier évènement et la peur d'un mariage forcé amorcent réellement la fin du bonheur. Lalla fuit alors avec le Hartani, qu'elle a décidé de prendre pour mari. Ils partent ensemble vers le désert du sud, mais, rapidement, Lalla montre des signes de faiblesse et ne peut plus avancer.

On la retrouve quelque temps plus tard, à 17 ans, sur un bateau de la Croix-Rouge, en route pour Marseille, où elle va retrouver Aamma. Elle y découvre la peur, le bruit, la grisaille, les voitures, les immeubles, la foule, et se rend compte à quel point la ville rend les gens invisibles. Personne ne la voit, mais elle observe tout. Elle rencontre Radicz, un mendiant de 14 ans avec qui elle se lie d'amitié. Ce dernier est un professionnel : sa mère l'a vendu à un homme qui l'a formé à la mendicité et au vol.

Lalla devient femme de ménage dans un hôtel où, après une nuit d'errance dans la ville, qui ramène ses pensées au désert, au Hartani – dont elle porte l'enfant – et au regard protecteur d'Es Ser, elle finit par s'installer, cachant à son patron qu'elle est enceinte. L'établissement se situe au-dessus d'une entreprise de pompes funèbres ; c'est ainsi qu'elle apprend la mort d'un homme vivant dans le quartier de sa tante. Celui-ci lui rappelait Naman, et son décès est un choc pour la jeune fille. Elle quitte son travail à l'hôtel, entrainant Radicz dans un grand magasin et au restaurant afin de dépenser ses économies : l'argent n'a pas de valeur pour elle.

Au restaurant, elle est accostée par un photographe fasciné par la force et la beauté qui se dégagent d'elle. Elle s'installe chez lui et devient une star des magazines sous le nom de sa mère, Hawa ; ne sachant ni lire ni écrire, elle trace en guise d'autographe le dessin de sa tribu. Elle avertit cependant son hôte qu'elle risque de partir du jour au lendemain sans le prévenir.

Quand elle assiste à la mort brutale de Radicz, percuté par un bus lors d'une course-poursuite avec des policiers, Lalla décide de rentrer au désert. Après des semaines de train, de bateau et d'autocar, elle rejoint la Cité, qui a changé en son absence.

Elle n'y reste cependant pas, mais se dirige vers les dunes et l'endroit où vivait Naman, près d'un figuier qui, lui, est resté le même. Elle y passe la nuit et, à son réveil, comprend que le moment de la naissance est arrivé. Comme sa mère avant elle, elle retrouve les gestes ancestraux, s'accrochant à la branche d'un arbre pour mettre au monde son enfant, seule. Elle perpétue ainsi le cycle de la vie.

ÉTUDE DES PERSONNAGES

NOUR

Nour appartient à une tribu nomade saharienne, les hommes bleus (leurs vêtements indigo déteignent sur leur peau), que son père guide en suivant les étoiles ; il descend, par sa grand-mère maternelle, d'Al Azraq, l'Homme Bleu.

C'est un jeune homme au visage sombre, « noirci par le soleil, mais ses yeux brillaient, et la lumière de son regard était presque surnaturelle » (p. 9). Sa tribu vit en harmonie avec la nature, au cœur du Sahara, et s'épanouit dans le silence.

Comme de nombreux autres nomades, ils rejoignent Smara, la ville sainte du cheik Ma el Aïnine, construite au sein de la vallée de la Saguiet el Hamra (Sahara occidental). De là, ils se dirigent vers le nord, afin d'échapper à l'invasion des chrétiens (espagnols et français), qui s'accaparent leurs terres avec force cruautés, détruisant les villes et massacrant les nomades qu'ils rencontrent.

Le cheik exerce sur Nour une forme d'attraction, se substituant presque par moments à la figure paternelle ; ayant développé des sentiments de loyauté et de respect à son égard, Nour restera d'ailleurs avec ses guerriers plutôt que de repartir avec sa famille et, même après la mort du cheik, il ne peut se résoudre à retourner vers le sud, demeurant sur sa tombe jusqu'à en devenir fiévreux.

Durant leur périple, Nour fait preuve de compassion et d'altruisme, notamment lorsqu'il décide de guider le guerrier aveugle ou lorsqu'il souhaite aider ceux qui tombent au bord de la piste, à bout de forces. Il fait également preuve d'une certaine abnégation corporelle, poursuivant sa route même après que ses forces l'ont quitté. Enfin, il possède des intuitions marquées, en particulier en ce qui concerne l'arrivée de la mort au sein de la caravane, et vit parfois des expériences mystiques – semblables à celles de Lalla –, au cours desquelles il aperçoit des paysages inexplorés et entend le chant d'une femme inconnue.

Après la mort de Ma el Aïnine, il retrouve les derniers hommes du désert devant Agadir, où ils sont rejoints par les troupes de Moulay Hiba ; prises au piège par les soldats chrétiens, celles-ci sont décimées. Après avoir enterré les morts, Nour et les derniers hommes bleus repartent alors vers le sud.

LALLA

Adolescente orpheline, Lalla vit à la Cité, chez sa tante Aamma ; elle descend, par sa mère, de l'Homme Bleu et, probablement, de Nour. Elle possède des cheveux très noirs, un visage cuivré, et un regard lumineux, intense, se dégage de ses « yeux d'ambres » (p. 105) ; la lumière du désert semble ruisseler sur sa peau. Jeune fille indépendante, elle a profondément soif de liberté ; elle rêve d'ailleurs et aime écouter les histoires d'Occident du vieux Naman.

Très proche de la nature, son esprit semble plus ouvert que celui des autres (comme en témoigne son amitié avec le Hartani, loin des préjugés des habitants de la Cité), et elle porte un regard neuf et atypique sur le monde ; un rapport à la vie plus pur, brut, qui permet notamment sa compassion à l'égard de ceux – animaux (elle affectionne même les insectes piqueurs ; au contraire des autres enfants, elle laisse les crabes s'enfuir au lieu de les attraper ; elle éprouve un certain malaise lorsque vient le moment de sacrifier un mouton) comme humains (elle s'occupe de Naman mourant lorsque personne n'est auprès de lui, accepte son salaire pour pouvoir donner aux mendiants, offre à manger à Radicz, achète des fruits pour un vieux pensionnaire de l'hô-tel, etc.) – qu'elle croise sur son chemin.

Elle est également furtive et très observatrice : elle remarque notamment les mendiants, in-visibles aux yeux de la plupart des citadins. Les expériences mystiques qu'elle vit (via le regard d'Es Ser) soulignent par ailleurs sa relation par-ticulière au divin.

Si elle goute d'abord au bonheur d'une vie libre, sauvage, en harmonie avec la nature, celui-ci prend fin lorsque Aamma décide de la marier avec un homme plus âgé, qu'elle juge être un bon parti en raison de sa richesse. Après la mort de Naman, refusant ce mariage arrangé, Lalla s'enfuit dans le désert avec le Hartani ; assoiffée et fiévreuse, incapable de poursuivre leur voyage, elle est recueillie par la Croix-Rouge et émigre, enceinte, à Marseille, où elle retrouve Aamma.

Découvrant un monde occidental qui ne tarde pas à la décevoir, Lalla regrette son pays et ses racines ; après avoir assisté à la mort brutale de son ami Radicz, le sang des hommes bleus brulant dans ses veines, elle finit par retourner vers le désert. Seule, elle y met au monde son enfant, en retrouvant les gestes de ses ancêtres.

LE HARTANI

Le Hartani est un jeune berger noir et muet, ami de Lalla et père de son enfant. Plus jeune qu'elle, il possède « un visage très mince et lisse, avec un front bombé et des sourcils très droits, et de grands yeux sombres couleur de métal. Ses cheveux sont courts, presque crépus, et il n'a ni moustache ni barbe » (p. 101-102). Personne ne sait d'où il vient, mais sa couleur de peau laisse supposer qu'il est originaire du sud.

Alors qu'il était bébé, un homme bleu l'a déposé près du puits de la Cité et, personne d'autre ne voulant de l'enfant, la femme du chevrier l'a recueilli. Sa couleur de peau et le fait qu'il ne parle pas sont source de superstition pour les habitants, qui voient d'un mauvais œil son amitié avec Lalla. Ses sens sont particulièrement aiguisés, et il possède de nombreuses connaissances sur la nature, qu'il transmet – en silence – à Lalla ; celle-ci le juge fort, courageux et sûr de lui.

Il s'enfuit avec Lalla, mais, mu par un désir de retrouver ses racines, au sein du désert, il poursuivra seul son voyage lorsque la jeune fille s'avèrera trop faible pour continuer.

NAMAN

Naman est un vieux pêcheur, que Lalla apprécie beaucoup. Il est décrit comme « un homme assez grand, maigre, avec des épaules larges, et un visage osseux à la peau couleur de brique. Il va toujours pieds nus, vêtu d'un pantalon de toile bleue et d'une chemise blanche trop grande pour lui qui flotte dans le vent » (p. 78), pourvu de « cheveux épais, de la même couleur que sa peau » (*ibid.*). Lalla aime particulièrement son regard : il est en effet muni d'yeux lumineux « d'une couleur extraordinaire, un bleu-vert mêlé de gris, très clairs et transparents [...] comme s'ils avaient gardé la lumière et la transparence de la mer » (*ibid.*).

Naman aime raconter des histoires aux enfants et parle souvent des villes qu'il a visitées en Occident, dont Marseille, où réside son frère. Il prédit à Lalla, qui lui demandait de l'emmener voir ces villes, qu'elle les visitera par elle-même – lui est trop vieux pour partir – avant de revenir à la Cité, comme lui. Sa mort sera un des éléments suscitant la fuite de Lalla dans le désert, puis vers Marseille.

RADICZ

Radicz, 14 ans, est un mendiant que Lalla rencontre à Marseille ; tous deux se lient rapidement d'amitié. Il possède « de beaux cheveux très noirs et raides, et la peau cuivrée. Il a des yeux verts, et une petite moustache comme une ombre au-dessus de ses lèvres. Il a surtout un beau sourire parfois, qui fait briller ses incisives très blanches. Il porte un petit anneau à l'oreille gauche » (p. 259) ; il est par contre pauvrement vêtu. Enfant d'une famille de gitans nomades, il fut, à la mort de son père, vendu par sa mère à un homme pour qui il se voit depuis forcé de mendier, puis voler.

Comme Lalla, Radicz est proche de la nature

et aime particulièrement le vent (il espère que le vent endorme les humains, afin « que la ville [puisse] enfin se reposer, respirer » (p. 364), les plantes repousser et les animaux se déplacer sans crainte) et la lumière (il fume, principalement pour voir les allumettes bruler). Son regard permet aussi au lecteur d'apercevoir la beauté de Lalla.

Il mourra vers la fin du récit, percuté par un bus en tentant d'échapper à la police ; sa mort, à laquelle assiste Lalla, semble être l'un des déclencheurs du retour au désert de la jeune fille.

MA EL AÏNINE

Personnage historique, Ma el Aïnine, qui signifie « l'Eau des yeux », est un cheik considéré comme un homme saint par les tribus du désert et comme un fanatique religieux par les chrétiens occidentaux. Ce vieil homme vêtu d'un manteau de laine blanc, ancien guerrier, a reçu l'enseignement d'Al Azraq, l'Homme Bleu, et a fondé, d'après les prédictions de celui-ci, la ville de Smara.

C'est vers lui que se tournent les nomades pour

les protéger de la menace chrétienne ; il possède auprès d'eux une autorité naturelle, et les hommes du désert lui attribuent un grand pouvoir (notamment celui de réaliser des miracles). Il se montre préoccupé par le sort de son peuple, qu'il guide et protège avec empathie, et agit parfois presque familialement avec Nour. Il meurt à Tiznit le 23 octobre 1910.

ES SER – AL AZRAQ – L'HOMME BLEU

Originaire du sud, Al Azraq faisait partie de la tribu de l'arrière-grand-mère maternelle de Lalla et était l'oncle maternel de la grand-mère de Nour. C'était un guerrier du désert, mais il fut appelé par Dieu et devint un saint, faiseur de miracles. À partir de ce jour, il quitta son statut et ses habits de guerrier pour l'habit des pauvres. Cependant, Dieu laissa à sa peau la couleur bleue de ses anciens vêtements – d'où son surnom, « l'Homme Bleu » –, afin que tout le monde sache qu'il n'était pas un mendiant, mais un guerrier appelé par Dieu. Al Azraq est également mentionné dans le livre sous le nom d'Es Ser, signifiant « le Secret », le regard protecteur ressenti par Lalla.

CLÉS DE LECTURE

UN ROMAN HISTORIQUE

Sous-genre du roman, le roman historique mêle des personnages et évènements historiques à la fiction. « Écrit par un auteur moderne pour instruire ou divertir des lecteurs de son temps », il est « un regard d'aujourd'hui porté sur hier et c'est ce double rapport à l'histoire qui fait son intérêt » (« Roman historique », in *larousse.fr*).

La Révolution française (1789-1799), qui permet aux hommes de réaliser qu'ils vivent l'Histoire, accroit l'intérêt pour cette discipline (qui sert déjà de décor littéraire auparavant), donnant lieu à « un engouement pour le roman historique qui, à partir de 1830, tend à s'instituer en genre propre » (ARON P., SAINT-JACQUES D., VIALA A. (dir.), *Le dictionnaire du littéraire*, Paris, Presses universitaires de France, 2002, p. 550), sur le modèle des œuvres de Walter Scott (écrivain écossais, 1771-1832).

À sa suite, de nombreux auteurs, tels Victor

Hugo (écrivain français, 1802-1885) ou Alexandre Dumas (écrivain français, 1802-1870), se lance-ront dans ce genre.

Désert s'inscrit dans cette lignée, Le Clézio utili-sant en toile de fond un épisode historique – la conquête du Sahara occidental par les Espagnols et les Français entre 1909 et 1912 – et faisant intervenir des personnages réels, contextualisés avec précision, tels que :

- le cheik Ma el Aïnine (1831 ou 1838-1910), fondateur de la ville de Smara, qui lança un appel à la guerre sainte – qui n'est cependant pas présentée, au sein du roman, comme une guerre religieuse à proprement parler, mais comme « un périple initiatique, […] la réponse dictée par Allah à la détresse de son peuple » (FRANÇOIS C., *Désert. Jean-Marie Gustave Le Clézio*, Paris, Éditions Bréal, 2000, p. 84) – afin de repousser, avec ses « hommes bleus », les colonisateurs chrétiens. Il aurait appelé au meurtre du gouverneur Xavier Coppolani et a été soupçonné de l'assassinat d'Émile Mauchamp (médecin français, 1870-1907) – le roman situe cependant respectivement leur mort en 1904 et aout 1905 ;

- Camille Douls (1864-1889), premier Européen à vivre au sein d'une communauté indigène du Sahara, et qui rencontra Ma el Aïnine en 1887 ;
- le général Moinier, le colonel Mangin (1866-1925) et le général Vigny, trois officiers français en tête de l'armée française.

S'ouvrant aux Européens entre la fin du XVIIIe et le début du XIXe siècle, le Maroc se verra colonisé – dans la vague de colonisation de l'Afrique, qui prend surtout place dès le XIXe siècle – début XXe siècle, en particulier par les Français, qui cherchent à y étendre leur domination. Le récit de Nour laisse entrevoir cette colonisation occidentale, contrée par la guerre sainte (une guerre menée au nom de motifs religieux, ici défendre et reprendre les terres menacées par les chrétiens) des nomades musulmans menés par Ma el Aïnine et ses fils, avec plusieurs dates-clés :

- le 21 juin 1910, où les troupes sénégalaises des officiers français déciment les nomades dans l'Oued Tadla (Maroc) ;
- le 23 octobre 1910, où Ma el Aïnine décède à Tiznit ;
- le 30 mars 1912 (dernier jour du récit de Nour), où les troupes du colonel Mangin ainsi que

le croiseur *Cosmao* achèvent les guerriers de Moulay Hiba à Agadir, date à laquelle le sultan Mulay Hafiz signe un traité plaçant le Maroc sous un protectorat français.

Le 27 novembre 1912, un accord franco-espagnol instituera les zones d'influence marocaines respectives de la France et de l'Espagne ; il faudra attendre 1956 pour que les deux pays reconnaissent l'indépendance du Maroc, qui devient alors un royaume.

En outre, au milieu de la description du mode de vie (habits, nourriture, nomadisme, etc.) des hommes bleus, de nombreux mots étrangers colorent le texte (indiqués en italiques, tels les *acéquias*, des canaux d'irrigation, le *fijar*, la première lueur de l'aube, etc.), renforçant l'aspect documentaire du récit.

Le roman de Le Clézio fait cependant également la part belle à la fiction, avec les trajectoires personnelles de Nour et de Lalla.

UNE NARRATION EN ÉCHOS

Désert présente une narration linéaire, mais

parallèle, alternant sans cesse entre deux temporalités : celle de Nour et celle de Lalla – qui appartiennent à la même lignée et partagent un parcours erratique, du sud au nord puis du nord au sud, entre désert originel (auquel ils retourneront) et ville désirée ; les deux héros partagent aussi une intuition et une compassion spontanées.

Le récit comporte des échos – thématiques, structurels, etc. – entre ces deux histoires :

- le début de l'histoire de Nour, difficile, mais rempli d'espoir, semble aller de pair avec le récit de Lalla intitulé « Le bonheur » ;
- la partie « La vie chez les esclaves » montre par contre les difficultés de la vie de Lalla, avant de faire un retour sur l'histoire de Nour, marquée elle aussi par des obstacles et drames ;
- c'est ensuite la mort de Radicz, chez Lalla, et celle du cheik, chez Nour (qui veille le vieil homme, tout comme Lalla avait veillé Naman), qui sont narrées ;
- enfin, on assiste au retour au pays de la jeune fille, qui y donne naissance à son enfant, et au retour aux sources de Nour.

Apparait ainsi une boucle narrative, dont la fin clôt également une quête d'identité qu'on peut retrouver en filigrane chez certains protagonistes : plus tôt dans le récit, le Hartani s'inscrivait déjà dans la poursuite de ses origines (« C'est comme si une partie de lui-même était restée au lieu de sa naissance, [...] dans l'immensité du désert, et qu'il devait un jour retrouver cette partie de lui-même, pour être tout à fait un », p. 175) ; le retour de Lalla à son point de départ, après avoir exploré l'espace de la ville occidentale, marque aussi son choix identitaire.

Enfin, cette boucle narrative est soulignée par le choix des premiers et derniers mots, qui se font écho : si le roman débute avec l'apparition des hommes bleus au cœur du désert (« Ils sont apparus, comme dans un rêve », p. 7), il se termine sur leur départ pour ce même désert : « Ils s'en allaient, comme dans un rêve, ils disparaissaient. » (p. 411)

DUALITÉ DES ESPACES

Désert accorde une large place à la nature, dont le traitement permet d'opposer différents espaces et peuples.

Désert d'Afrique et ville d'Occident

On remarque d'abord une opposition franche entre l'espace de la ville – en particulier occidentale, représentée par Marseille – et le désert. Celui-ci, certes rude et parfois cruel, a pour lui la beauté des éléments, de la lumière (qui brule et libère à la fois), du vent et du silence et, peut-être surtout, la liberté. C'est un espace ouvert, non dominé par l'homme, qui ne fait que le traverser au cours de sa vie : « C'était le seul, le dernier pays libre peut-être, le pays où les lois des hommes n'avaient plus d'importance. Un pays pour les pierres et pour le vent, aussi pour les scorpions et pour les gerboises, ceux qui savent se cacher et s'enfuir quand le soleil brule et que la nuit gèle. » (p. 13)

Lalla, lumineuse dans le désert, perd par contre son éclat après son arrivée à Marseille, comme si la ville déteignait sur elle. Les villes, « de métal et de ciment » (p. 22), sont en effet présentées comme bruyantes, remplies de voitures, « si grandes qu'on ne peut jamais les quitter » (p. 77) et peuplées de tant d'hommes qu'« on ne peut jamais voir deux fois le même visage » (*ibid.*). Ce sont des espaces froids, gris, où règnent l'angoisse, l'anonymat et la solitude, et qui donnent l'impression d'être invisible (« C'est un pays étrange, cette ville, avec tous ces gens, parce qu'ils ne font pas réellement attention à vous si vous ne vous montrez pas », p. 251).

L'espace des villes est en outre fermé par les nombreux bâtiments, ce qui implique que la liberté des hommes soit restreinte, à l'inverse du vaste espace du désert.

La ville occidentale n'est cependant pas la seule à être opposée au désert : la Cité s'en distingue elle aussi, avec son air « si lourd et [qui] sent si fort » (p. 75) et ses maisons obscures, contrastant avec les paysages et sensations qu'éprouve Lalla au cœur des dunes ou sur la plage. Enfin, on notera que, dans l'histoire de Nour, alors que les nomades espèrent y être accueillis, ils sont refoulés aux portes de Taroudant : la ville ne tient pas ses promesses, et les hommes retournent au désert, seul pays où ils sont libres.

Le silence

Omniprésent, le thème du silence est intimement associé à la dichotomie entre ville et désert.

En effet, présent tant dans le récit de Lalla que dans celui de Nour, le silence est associé à l'éphémère, à la nature, au désert et à la liberté ; il est présenté comme une richesse. Lalla remarque d'ailleurs que « les paroles ne comptent pas réellement. C'est seulement ce qu'on veut dire, tout à fait à l'intérieur, comme un secret, comme une prière, [...] qui compte. [...] Il y a tant de choses qui passent par le silence. » (p. 123)

Le silence permet ainsi une forme de communication plus profonde ; il offre également aux hommes la place pour s'intégrer dans leur environnement ainsi que pour apprendre à se connaitre eux-mêmes. Il peut être opposé au bruit incessant de Marseille – véhicules, voix, cris, musique, etc. –, auquel on ne peut échapper, et au sein duquel les hommes ne peuvent, selon Lalla, pas réellement exister.

La dichotomie nature-civilisation

La séparation établie par le récit entre ville et désert manifeste en réalité une rupture plus large entre nature et humanité. Outre les paysages, les connaissances, langages ou encore temporalités des humains et de la nature diffèrent en effet.

Le Hartani apprend ainsi à Lalla diverses connaissances sur la nature qui l'entoure, développant ses sens ; le récit note que « comme Lalla il ne sait pas lire ni écrire, il ne connait même pas les prières, il ne sait pas parler, et pourtant c'est lui qui sait toutes ces choses » (p. 105).

En outre, le garçon « ne veut pas entendre le langage des hommes, parce qu'il vient d'un pays où il n'y a pas d'hommes, seulement le sable des dunes et le ciel » (p. 123) ; une différence de langage encore soulignée lorsque Lalla entend Es Ser :

> « Il ne parle pas le même langage que les hommes. [...] Peut-être qu'il parle avec le bruit léger du vent qui vient du fond de l'espace, ou bien avec le silence entre chaque souffle du vent. Peut-être qu'il parle avec les mots de la lumière, [...] les mots du sable, les mots des cailloux qui s'effritent en poudre dure, et aussi les mots des scorpions et des serpents qui laissent leurs traces légères dans la poussière. » (p. 90)

Et si Lalla est la seule avec qui le Hartani partage ses connaissances, c'est que « [les autres] n'ont pas le temps d'attendre, pour chercher les odeurs, ou pour voir voler les oiseaux du désert »

(p. 122). Cette différence d'espaces-temps est, là encore, ressentie par Lalla :

> « Chaque fois que Lalla arrive dans ce pays, elle sent qu'elle n'appartient plus au même monde, comme si le temps et l'espace devenaient plus grands, comme si la lumière ardente du ciel entrait dans ses poumons et les dilatait, et que tout son corps devenait semblable à celui d'une géante, qui vivrait très longuement, très lentement. » (p. 187)

Cette dichotomie entre homme et nature est exacerbée lorsque les deux enfants s'enfuient dans le désert :

> « Jamais Lalla n'a vu une nuit aussi belle. Là-bas, à la Cité, ou aux rivages de la mer, il y avait toujours quelque chose qui séparait de la nuit, une vapeur, une poussière. Il y avait toujours un voile qui ternissait, parce que les hommes étaient là, autour, avec leurs feux, leur nourriture, leur haleine. Mais ici, tout est pur. » (p. 205)

Les hommes du désert, eux (avec Lalla, le Hartani et Radicz), loin d'accaparer l'espace, s'y fondent, davantage unis avec les éléments naturels qui, par ailleurs, fusionnent parfois avec le divin ; une union que l'on retrouve notamment dans les prières, ou lors des expériences mystiques de Lalla, qui lui font voir des paysages inconnus au travers du regard d'Es Ser. Ces personnages sont très sensibles à leur environnement, en particulier à la lumière et au vent – ce dernier sert d'ailleurs parfois de présage, comme lorsqu'il précède la mort de Naman ou que, cessant soudain, il annonce la mort prochaine de Ma el Aïnine –, et aiment sentir les éléments sur leur peau.

S'ils reconnaissent volontiers la puissance de la nature (Lalla note que le vent est « si fort qu'il pourrait détruire toutes les villes du monde s'il le voulait », p. 75), ils n'en éprouvent aucune amertume. Lorsque le vent détruit les maisons de la Cité, les habitants les reconstruisent en riant, « parce qu'ils sont si pauvres qu'ils n'ont pas peur de perdre ce qu'ils ont. Peut-être aussi qu'ils sont contents, parce qu'après la tempête, le ciel au-dessus d'eux est encore plus grand, plus bleu, et la lumière encore plus belle » (p. 85). Lalla note aussi que « la mer attrape de temps en temps des enfants, comme cela, presque sans y prendre garde, et puis elle les rend deux jours plus tard » (p. 77).

En outre, les éléments fusionnent parfois avec les personnages (prenant même la place de la défunte mère de Lalla, lorsque celle-ci entend sa voix dans le paysage), en particulier Lalla (« Elle est si près [...] qu'il lui suffirait de tendre la main pour prendre une poignée de la belle lumière étincelante. [...] La soif, la faim, l'angoisse sont apaisées par la lumière de la galaxie, et sur sa peau il y a, comme des gouttes, la marque de chaque étoile du ciel », p. 206-207) et les hommes bleus : « Ils étaient les hommes et les femmes du sable, du vent, de la lumière, de la nuit. Ils étaient apparus [...] en haut d'une dune, comme s'ils étaient nés du ciel sans nuages, et qu'ils avaient dans leurs membres la dureté de l'espace. » (p. 9)

L'OPPOSITION ENTRE OCCIDENT ET MONDE ARABE

Outre le rapport à la nature, on remarque une opposition entre Occident et monde arabe à divers égards.

Le rapport à l'argent

Pour les nomades et leurs descendants de la Cité,

la possession n'est pas un but : le désert n'appartient à personne, sauf à Dieu. Les hommes y sont de passage et n'ont pas à en revendiquer la propriété. Quant à Lalla, l'argent n'a aucune valeur pour elle : soit elle le dépense aussi vite qu'elle l'a gagné, soit elle le refuse ; elle n'accepte que ce dont elle a réellement besoin pour vivre ou l'offre à des mendiants.

Les Occidentaux sont, eux, obnubilés par la soif de conquête, et l'argent est leur dieu. Les colonisateurs se partagent le désert et les pays d'Afrique sans se préoccuper des tribus qui les peuplent. Par ailleurs, à Marseille, les pauvres se voient obligés de voler ou de mendier pour pouvoir survivre. Ce sont finalement toujours les plus faibles qui succombent : les hommes de Ma el Aïnine sont exterminés par les chrétiens tandis que Radicz meurt poursuivi par la police.

La place de la religion

Si *Désert* oppose soldats chrétiens et guerriers musulmans, ces deux religions sont cependant présentées différemment. Ainsi, le récit questionne les motivations des premiers : « Leur vraie religion n'est-elle pas celle de l'argent ? » (p. 353)

Et d'ajouter que :

> « Ce n'étaient pas les armes, mais l'argent qui l'[le cheik] avait vaincu ; [...] l'argent des terres spoliées, des palmeraies usurpées, des forêts données à ceux qui savaient les prendre. [...] Savait-il seulement que, pendant qu'il priait et donnait sa bénédiction aux hommes du désert, les gouvernements de la France et de la Grande-Bretagne signaient un accord qui donnait à l'un un pays nommé Maroc, à l'autre un pays nommé Égypte ? » (p. 356)

La foi des nomades, largement développée à travers le texte (importance de la prière, sacralité du jeûne, etc.), témoigne par contre d'une autre vision du monde ; ils se battent pour conserver leurs terres, leur religion et leurs traditions : « [Les guerriers du cheik] ne combattaient pas pour de l'or, mais seulement pour une bénédiction, [et] la terre qu'ils défendaient ne leur appartenait pas, ni à personne, parce qu'elle était seulement l'espace libre de leur regard, un don de Dieu. » (p. 357)

Traditions et valeurs

Les traditions et valeurs qui animent les deux

mondes divergent également. Ainsi, le mariage arrangé est encore très ancré à la Cité ; par contre, une certaine solidarité envers les plus pauvres s'y fait jour, tandis que ceux-ci sont mis au ban de la société en Occident, réduits à la mendicité et au vol.

En outre, si des individus de différentes origines et couleurs de peau vivent en harmonie dans le désert de Nour et à la Cité de Lalla, on assiste à une forme de hiérarchisation des hommes à Marseille, les immigrés étant relégués à des quartiers pauvres, de piètres emplois et des existences misérables.

On aperçoit même chez Nour et Lalla un respect de l'ainé (Naman, le cheik) qui semble inexistant en Occident (Lalla est la seule à aider le vieil homme très pauvre qui habite son hôtel), et une compassion instinctive dont sont dénués les soldats sénégalais des Européens.

Dans le monde arabe, l'oralité est également très présente : les prières collectives, les récits des guerriers, les contes de Naman, les histoires racontées par Aamma, qui, chaque fois, « ajoute un détail nouveau, une phrase nouvelle, ou [...]

change quelque chose, comme si elle ne voulait pas que l'histoire fût jamais achevée » (p. 113). Ceci témoigne d'une temporalité différente, comme si les Occidentaux tentaient de figer le temps, construisant des bâtiments qui empêchent la lumière ou le vent de passer, « voleur[s] d'images » (p. 358) cherchant à figer la personnalité de ceux qu'ils photographient (Lalla ne se reconnait d'ailleurs pas dans ses photos). Les hommes du désert, eux, traversent l'espace sans laisser de traces, animaux de passage parmi d'autres.

En outre, la société occidentale semble très portée sur la consommation – d'objets (le supermarché abonde de biens en tous genres), mais aussi de nourriture, de sexe (magazines pornographiques, prostituées) ou encore d'idoles (lorsque Lalla devient covergirl) – et foisonne de déchets (que Lalla et Radicz contemplent près du port). À l'inverse, les hommes du désert et Lalla semblent peu portés vers la matérialité, mais davantage sur les éléments naturels et les sensations ; ils s'épanouissent dans une vie simple et frugale, avec une grande importance accordée aux traditions ancestrales et religieuses. Un retour aux sources évident lorsque, à un journaliste qui lui demandait « Qu'est-ce que vous aimez dans la vie ? », Lalla répond « La vie » (p. 331).

Il en découle également que la solitude est estimée à la Cité ou dans le désert, à l'opposé des individus esseulés qui peuplent Marseille (habitants de l'hôtel, mendiants, prostituées, etc.), une ville qui n'offre pas non plus la sécurité du désert (la nuit pure et sacrée que Lalla y passe avec le Hartani étant aux antipodes de celle, occidentale, où des hommes tentent de l'emmener de force) et de la Cité.

Enfin, même l'art et les divertissements y sont vécus différemment. La musique, dans le désert, liée au sacré, engendre en effet une sorte de transe, hommes et femmes se confondant avec elle ; le contraste est saisissant avec un dancing de Marseille : « C'est un endroit terrible et vide, où les hommes et les femmes se pressent et grimacent dans l'ombre étouffante, avec les éclairs de la lumière électrique dans les nuages de la fumée des cigarettes, et le bruit du tonnerre qui cogne, qui fait vibrer le sol et les murs. » (p. 332)

DES SUJETS DE SOCIÉTÉ

La place de la femme dans le monde arabe

Dans le récit de Nour, la femme n'est quasiment pas évoquée. La place prédominante est donnée à l'homme : le guerrier, le chef de tribu, l'homme saint. Les rares allusions féminines renvoient en général aux mères.

Dans la partie contemporaine, l'accent est en revanche mis sur les femmes, mais leur place ne semble pas pour autant avoir évolué. Cependant, le contexte n'est plus le même, et un certain désir d'émancipation se fait jour chez Lalla : elle refuse l'avenir tout tracé qu'on lui construit ; elle se révolte contre les conditions de travail qu'on lui impose ; elle refuse le mariage forcé à un riche parti dont elle ne connait rien.

Lalla prend son destin en main en choisissant elle-même le Hartani comme mari et, ne pouvant continuer la route, elle poursuit ses rêves d'enfant en émigrant à Marseille (où les migrantes, notamment, risquent néanmoins de finir prostituées, une condition tristement décrite). Même là, la jeune fille revendique une certaine liberté (comme dans son rapport au photographe, ou lorsqu'elle quitte du jour au lendemain son emploi à l'hôtel).

Toutefois, la tradition, l'instinct et l'amour du désert sont les plus forts : Lalla rentre au désert pour mettre son enfant au monde. Son émancipation n'est donc que de courte durée, même si l'on peut imaginer que Lalla ait un destin particulier, puisqu'elle se retrouve seule, sans famille, avec un enfant à élever.

L'immigration

Désert aborde la question de l'immigration à travers l'exil de Lalla et d'Aamma. L'Occident est perçu par les habitants de la Cité comme un eldorado – et les histoires du vieux Naman ne sont pas étrangères à ces croyances. Mais le roman montre à quel point la réalité est tout autre une fois sur place : les émigrants sont traités comme du bétail, transportés par bateau, parqués à l'arrivée, interrogés, etc. En outre, la richesse espérée n'est pas au rendez-vous – les immigrés sont d'ailleurs regroupés dans certains quartiers, qui respirent la misère, la peur et la mort ; ils ont des difficultés à trouver du travail –, et les villes aux néons lumineux sont en réalité grises et impersonnelles.

L'extrême pauvreté : un regard neuf sur l'Occident

Désert se penche également sur la précarité, en particulier au sein de Marseille – mais qui tire déjà son origine dans la précarité des vies que mènent les migrants dans leurs pays d'origine. À Marseille, le tableau est cependant plus clair encore : Lalla vit parmi les exclus de la société, les miséreux, les marginaux, souvent migrants, parfois mendiants. Ces personnes sont regroupées dans certains quartiers spécifiques, comme le Panier. L'indifférence occidentale est décrite au travers des yeux de Lalla qui, par contraste, « n'oublie pas de les [les mendiants] voir », eux qui sont invisibles aux yeux des passants (p. 258).

En parallèle, du côté de Nour, on observe les Occidentaux venir conquérir, détruire et tuer, s'accaparer les terres et richesses : on constate ainsi que les Occidentaux ont d'abord volé les richesses de ces pays, avant de, quelques décennies plus tard, refuser de l'aide à leurs habitants, simplement en quête d'une vie meilleure – une situation qui dénote aussi une certaine ironie ou hypocrisie.

En filigrane, grâce au traitement de l'extrême pauvreté, de l'immigration (et de la conquête), qui sont vues d'un œil neuf par Lalla qui, elle, perçoit ces exclus pour les humains qu'ils sont et éprouve de la compassion à leur égard, une critique du comportement occidental se dessine.

On ajoutera qu'au-delà de cette critique, il émane du récit une dévalorisation de l'Occidental, puisque les derniers hommes libres sont les hommes bleus (dont Nour), et que Lalla semble infiniment plus libre – et plus heureuse – que les habitants de Marseille. Ainsi, leurs comportements n'ont finalement pas apporté aux Occidentaux les plus grandes richesses.

Au travers d'un roman historique, Le Clézio renouvèle ici son écriture. Via les récits entremêlés de deux adolescents séparés par plusieurs décennies, *Désert* offre au lecteur une ode à la nature et aux beauté et richesse du désert, remettant en question, par la même occasion, certains aspects de notre société occidentale. La lecture ouvre ainsi la voie non seulement à l'imaginaire et à l'ailleurs, mais aussi à la réflexion.

PISTES DE RÉFLEXION

QUELQUES QUESTIONS POUR APPROFONDIR SA RÉFLEXION…

- Décrivez et comparez les personnages du Hartani et de Radicz.
- Expliquez pourquoi la première partie du roman est intitulée « Le bonheur ».
- Quel(s) rôle(s) jouent les éléments dans la vie des hommes du désert ? Expliquez votre réponse en vous basant sur la fonction du vent, en particulier. Illustrez votre réflexion par des passages pertinents.
- Les récits se déroulent en partie dans le désert et en partie à Marseille. Comment sont décrits ces deux espaces ?
- Les deux récits, consacrés à Nour et à Lalla, racontent l'histoire d'une fuite. Quelles similitudes et quelles différences caractérisent ces deux exils ?
- Comment pouvez-vous décrire la place de la femme dans la société arabe d'après les deux récits ? Remarquez-vous une évolution ?

- Les hommes du désert sont présentés comme « les derniers hommes libres » (p. 410). Pourquoi ? Quelle vision de la nature est défendue dans le roman ?
- Expliquez et comparez la manière dont est perçu l'Occident par les peuples arabes au début du XXe siècle et à l'aube des années 1970-1980.
- Comment *Désert* tire-t-il parti de contextes historiques au sein de l'intrigue ?
- Ma el Aïnine est considéré par les siens comme un homme saint et par les Occidentaux comme un fanatique religieux. En vous basant sur le roman, quels liens pouvez-vous établir avec des évènements et des personnalités de notre monde actuel ?

POUR ALLER PLUS LOIN

ÉDITION DE RÉFÉRENCE

- LE CLÉZIO J.-M. G., *Désert*, Paris, Gallimard, coll. « Le Chemin », 1980.

ÉTUDES DE RÉFÉRENCE

- AMSTER E. J., *Medicine and the Saints. Science, Islam, and the Colonial Encouter in Morocco, 1877-1956*, Austin, University of Texas Press, 2013.
- ARON P., SAINT-JACQUES D., VIALA A. (dir.), *Le dictionnaire du littéraire*, Paris, Presses universitaires de France, 2002.
- « Colonisation », in *larousse.fr*, consulté le 23 aout 2017. http://larousse.fr/encyclopedie/divers/colonisation/35279
- DÉSIRÉ-VUILLEMIN G.-M., « Coppolani en Mauritanie », in *Revue d'histoire des colonies*, t. XLII, n° 148-149, 1955, p. 291-342.
- DÉSIRÉ-VUILLEMIN G.-M, « Cheikh Ma El Aïnin et le Maroc, ou l'échec d'un moderne Almoravide », in *Revue d'histoire des colonies*,

t. XLV, n° 158, 1958, p. 29-52.
- FRANÇOIS C., *Désert. Jean-Marie Gustave Le Clézio*, Paris, Éditions Bréal, 2000.
- « Maroc : histoire », in *larousse.fr*, consulté le 23 aout 2017. http://larousse.fr/encyclopedie/divers/Maroc_histoire/185554
- « Roman historique », in *larousse.fr*, consulté le 23 aout 2017. http://larousse.fr/encyclopedie/litterature/roman_historique/176585
- TRIEPEL H., *Nouveau recueil général de traités et autres actes relatifs aux rapports de droit international. Continuation du grand recueil de G. Fr. de Martens*, Leipzig, Librairie Dieterich, 1913, consulté le 23 aout 2017. https://archive.org/stream/recueilgendetrait07mart#page/322/mode/2up
- WINDROW M., *French Foreing Legion 1872-1914*, Londres, Bloomsbury Publishing, 2011.

SUR LEPETITLITTÉRAIRE.FR

- Fiche de lecture sur *Mondo* de Jean-Marie Gustave Le Clézio.

Retrouvez notre offre complète sur lePetitLittéraire.fr

- des fiches de lectures
- des commentaires littéraires
- des questionnaires de lecture
- des résumés

ANOUILH
- Antigone

AUSTEN
- Orgueil et Préjugés

BALZAC
- Eugénie Grandet
- Le Père Goriot
- Illusions perdues

BARJAVEL
- La Nuit des temps

BEAUMARCHAIS
- Le Mariage de Figaro

BECKETT
- En attendant Godot

BRETON
- Nadja

CAMUS
- La Peste
- Les Justes
- L'Étranger

CARRÈRE
- Limonov

CÉLINE
- Voyage au bout de la nuit

CERVANTÈS
- Don Quichotte de la Manche

CHATEAUBRIAND
- Mémoires d'outre-tombe

CHODERLOS DE LACLOS
- Les Liaisons dangereuses

CHRÉTIEN DE TROYES
- Yvain ou le Chevalier au lion

CHRISTIE
- Dix Petits Nègres

CLAUDEL
- La Petite Fille de Monsieur Linh
- Le Rapport de Brodeck

COELHO
- L'Alchimiste

CONAN DOYLE
- Le Chien des Baskerville

DAI SIJIE
- Balzac et la Petite Tailleuse chinoise

DE GAULLE
- Mémoires de guerre III. Le Salut. 1944-1946

DE VIGAN
- No et moi

DICKER
- La Vérité sur l'affaire Harry Quebert

DIDEROT
- Supplément au Voyage de Bougainville

DUMAS
- Les Trois
  Mousquetaires

ÉNARD
- Parlez-leur
  de batailles,
  de rois et
  d'éléphants

FERRARI
- Le Sermon sur la
  chute de Rome

FLAUBERT
- Madame Bovary

FRANK
- Journal
  d'Anne Frank

FRED VARGAS
- Pars vite et
  reviens tard

GARY
- La Vie devant soi

GAUDÉ
- La Mort du
  roi Tsongor
- Le Soleil des
  Scorta

GAUTIER
- La Morte
  amoureuse
- Le Capitaine
  Fracasse

GAVALDA
- 35 kilos d'espoir

GIDE
- Les
  Faux-Monnayeurs

GIONO
- Le Grand
  Troupeau
- Le Hussard
  sur le toit

GIRAUDOUX
- La guerre de
  Troie
  n'aura pas lieu

GOLDING
- Sa Majesté des
  Mouches

GRIMBERT
- Un secret

HEMINGWAY
- Le Vieil Homme
  et la Mer

HESSEL
- Indignez-vous !

HOMÈRE
- L'Odyssée

HUGO
- Le Dernier Jour
  d'un condamné
- Les Misérables
- Notre-Dame
  de Paris

HUXLEY
- Le Meilleur
  des mondes

IONESCO
- Rhinocéros
- La Cantatrice
  chauve

JARY
- Ubu roi

JENNI
- L'Art français
  de la guerre

JOFFO
- Un sac de billes

KAFKA
- La Métamorphose

KEROUAC
- Sur la route

KESSEL
- Le Lion

LARSSON
- Millenium 1. Les
  hommes qui
  n'aimaient pas
  les femmes

LE CLÉZIO
- Mondo

LEVI
- Si c'est un
  homme

LEVY
- Et si c'était vrai…

MAALOUF
- Léon l'Africain

MALRAUX
- La Condition humaine

MARIVAUX
- La Double Inconstance
- Le Jeu de l'amour et du hasard

MARTINEZ
- Du domaine des murmures

MAUPASSANT
- Boule de suif
- Le Horla
- Une vie

MAURIAC
- Le Nœud de vipères

MAURIAC
- Le Sagouin

MÉRIMÉE
- Tamango
- Colomba

MERLE
- La mort est mon métier

MOLIÈRE
- Le Misanthrope
- L'Avare
- Le Bourgeois gentilhomme

MONTAIGNE
- Essais

MORPURGO
- Le Roi Arthur

MUSSET
- Lorenzaccio

MUSSO
- Que serais-je sans toi ?

NOTHOMB
- Stupeur et Tremblements

ORWELL
- La Ferme des animaux
- 1984

PAGNOL
- La Gloire de mon père

PANCOL
- Les Yeux jaunes des crocodiles

PASCAL
- Pensées

PENNAC
- Au bonheur des ogres

POE
- La Chute de la maison Usher

PROUST
- Du côté de chez Swann

QUENEAU
- Zazie dans le métro

QUIGNARD
- Tous les matins du monde

RABELAIS
- Gargantua

RACINE
- Andromaque
- Britannicus
- Phèdre

ROUSSEAU
- Confessions

ROSTAND
- Cyrano de Bergerac

ROWLING
- Harry Potter à l'école des sorciers

SAINT-EXUPÉRY
- Le Petit Prince
- Vol de nuit

SARTRE
- Huis clos
- La Nausée
- Les Mouches

SCHLINK
- Le Liseur

SCHMITT
- La Part de l'autre
- Oscar et la
  Dame rose

SEPULVEDA
- Le Vieux qui
  lisait des romans
  d'amour

SHAKESPEARE
- Roméo et Juliette

SIMENON
- Le Chien jaune

STEEMAN
- L'Assassin
  habite au 21

STEINBECK
- Des souris et
  des hommes

STENDHAL
- Le Rouge et
  le Noir

STEVENSON
- L'Île au trésor

SÜSKIND
- Le Parfum

TOLSTOÏ
- Anna Karénine

TOURNIER
- Vendredi ou
  la Vie sauvage

TOUSSAINT
- Fuir

UHLMAN
- L'Ami retrouvé

VERNE
- Le Tour
  du monde
  en 80 jours
- Vingt mille
  lieues sous
  les mers
- Voyage au
  centre de
  la terre

VIAN
- L'Écume des jours

VOLTAIRE
- Candide

WELLS
- La Guerre des
  mondes

YOURCENAR
- Mémoires
  d'Hadrien

ZOLA
- Au bonheur
  des dames
- L'Assommoir
- Germinal

ZWEIG
- Le Joueur
  d'échecs

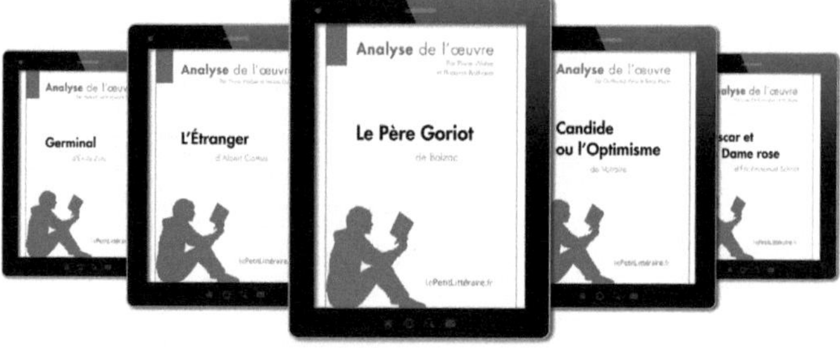

www.lepetitlitteraire.fr

ISBN version numérique : 978-2-8080-0458-9
ISBN version papier : 978-2-8080-0459-6
Dépôt légal : D/2017/12603/767

Avec la collaboration de Noémie Lohay pour l'étude des personnages de Nour, Lalla, Naman, Radicz, ainsi que pour les chapitres « Un roman historique », « Une narration en échos », « Dualité des espaces », « La place de la religion », « Traditions et valeurs » et « L'extrême pauvreté : un regard neuf sur l'Occident ».

Conception numérique : Primento,
le partenaire numérique des éditeurs.

Ce titre a été réalisé avec le soutien de la Fédération Wallonie-Bruxelles, Service général des Lettres et du Livre.